슬프게도
이게
내 인생 05

KB192115

SEUL
글그림

DAUM WEBTOON × 더오리진

CONTENTS

 # 041

회식을 한다!

종종 회식을 좋아하는 사람이 있다.

공짜 밥 먹고
술 먹는데 왜?

난 좋아함

나도 공짜 술이 좋긴 하지만
회사 사람들과는 별로 먹고 싶지 않다.

일하는 것도
겨우 하는데…

어색한 사람이랑
술까지 먹으라고…?

사회생활이 벅찬 아싸

슬프게도 이게 내 인생

이곳은 회식이 많은 편은 아니지만

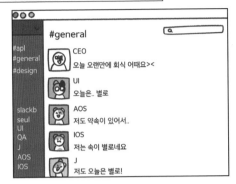

왜냐면 다들 싫어함

대표가 멋진 회사를 운영하는
CEO에 취해 있기 때문에

삐빅! 허세왕입니다

종종 건수를 잡아 회식을 하곤 한다.

빼도 박도 못할 것 같은 회식은

어떻게든 많이 먹으려고 한다.

식도부터 대장까지 방해물 제거

회식 장소는 대부분 고깃집.

단백질이 부족한 직장인

전 세계가 좀비랜드가 된다면
아마 한국인이 젤 세지 않을까 생각해본다.

아낌없이 다 먹는 한국인

슬프게도 이게 내 인생

왠지 나를 항상 본인 차에
태워 가려고 한다.

대표 차는 쓰레기차.

벤츠도 쓰레기로 만드는 그

외제차는 종종 이유를 모르겠지만 뒷좌석 문이 안 달려 있다.

부자들의 마음을 알 수가 없어

쓰레기통에 구겨지는 쓰레기의 느낌으로 차에 탄다.

슬프게도 이게 내 인생

안전벨트의 중요성

쓰레기가
쓰레기통을
쓰레기같이
운전한다.

벌써 술 마신 느낌

뒷좌석 쓰레기는 멀미를 한다.

그렇게
회식 장소에
도착하면

11

최대한 자리를
잘 잡아야 한다.

전방에 우리 테이블
남은 의자 한 개!!!!!

이렇게 빠르게
움직이지 않으면

사수 성공!

어? 저쪽은
다 찼넹?

그럼 여기 우리끼리
앉으면 되겠다!!

대표랑 같은
테이블에 앉아서
온갖 수발
다 들어줘야 한다.

아니! 잠깐
화장실 간 사이에!!

슬프게도 이게 내 인생

그리고 테이블 멤버가
좋아야 하는데

이런 멤버가 갓벽하다.

이런 테이블에서는
내 페이스로 술 마시면서
구워주는 고기 주워 먹다가

진기명기

대표 몰래
비싼 메뉴도
시킬 수 있다.

밀려오는 감동

대표가 말할 땐 호응해주는 척,
그렇게 실컷 먹고 나면

대-충

회식이 끝난다.

왜 자꾸만 은신이 느는지 모를 일

하지만 꼭
이렇게 회식이
순탄하게
흘러가지만은
않는데

그날은 12월 말

오늘은 4시부터
종무식을 하겠습니다!

네~

대뿅

종무식?

4시 전까지
일을 빨리
정리하세요!

이곳에서 해가 바뀌는 건 두 번째지만
종무식을 하는 건 처음이었다.

잠깐!
종무식이라 함은!

그것은 조기 퇴근을
할 수도 있다는 것?!

*종무식: 회사에서 연말에 근무를 끝낼 때에 행하는 의식.

슬프게도 이게 내 인생

4시가 되자 갑자기
회의실에 앉히더니
제이 씨가 프레젠테이션을
하기 시작했다.

역시 그는
허례허식으로
가득 찬 사람이었다.

진심으로 안쓰러움

그리고 그의 간단한 인사말은

이번 연도도 고생들 많으셨고~

이렇게 여러분과 함께 무사히 올해를 보낼 수 있어서 기쁘게 생각합니다~

대표

마이크는 또 언제 장만하셨대

앞으로 더 발전하여 내년에는 꼭 더 좋은 결과가 있길~

피로

그가 간단함을 재정의한다

40분 동안 끝나지 않았다.

첫 식순부터 대위기

슬프게도 이게 내 인생

그리고 대충 회사가
어렵다는 실적 발표와

30분가량 대표의
롤모델 영상을 시청하고

야망으로 가득 찬 본심

밥을 먹으러 갈 수 있었다.

유명한 관광지일 터인데
별로 반갑지 않았다.

(중식 별로 안 좋아함)

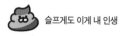 슬프게도 이게 내 인생

음식을 대충 깨작거리면서
조용히 끝나기만을 기다리는데

인간이 미안해

는 나의 바람

뜬금없는 그의 사랑 고백에
나는 천년의 식욕도 잃어버렸다.

와중에 축하해주는 착한 사람들

그렇게 최악의 회식이 끝났다.

그의 사랑이 너무 벅차요

그리고 대표는 퇴근 시간까지 30분 남았다며
다시 회사로 돌아가서 일을 시켰습니다.

의문만 남은 회식

역시 회식은 점심 회식

여름휴가 (1)

올해도 반도에 불꽃이 타오른다.

라이징 써어언!!!!!

정~말 혼돈의 끝은 어딜까~

나그네의 옷을 벗기는 건 태풍이 아니라 태양이라 했던가.

내기를 한 건 걔들인데 왜 내가 더워야 해

이건 나그네 입장도 들어봐야 한다

슬프게도 이게 내 인생

집 안에는 벌레들이
퍼스널 스페이스를 무시하고

빵 뜯겨줄게!!!

유통기한이 한참 남은 우유가
치즈로 변하는 기적을 보았다.

빠른 자기 객관화

homesick

종이 앞뒷장
구별하는 것만큼 어려움

슬프게도 이게 내 인생

돌아버린 날씨 때문인지
올 여름 노래도 조금 도른 게 나왔다.

작곡가 양반 이유가 뭡니까?

오… 여름휴가로
발리 갔나 보넹

그래서
사람들은
여름에 해외로
휴가를 떠난다.

나는 여행을 싫어한다.

헤엥~

좋아요는 누른다.

심드렁

왜냐면 비행기 표도
비교해봐야 되고···

일정
짜야 되고···

숙소
잡아야 되고

짐 싸야
되고

환전
해야 되고

난 자리에서 일어나는 것도
겨우 하는 사람이다.

오줌 싸는 것도
귀찮아서 참는디
여행은 무슨···

화장실 가는 게 큰 여행

 슬프게도 이게 내 인생

같이 여행 다니기 싫은 사람 1위

아 암튼 내 말이 맞음

그래서 여름휴가 땐 매번
집에서 편한 휴식을 취했고,

하~ 누워 있는 거 체고!
암것도 안 하는 거 체고!

올해도 그럴 예정이었는데

엄니!

딸 엄빠 생일
안 잊었지?

생신 맞네
시간 빼놓을껭

아니
그때 맞춰서
휴가 써

3박 4일. 해외로
가족여행 간다.

여행을 가게 생겼다.

 슬프게도 이게 내 인생

엄마 아빠는 여름생,
생신이 하루 차이

그래서 항상
집에 내려가서 가족 식사로
두 분 생신을 대신했었는데

효도인지 불효인지 잘 모르겠음

올해는 여행을 가고 싶으신가 보다.

공부하러 미국 감

나는 발버둥 쳐보았지만

슬프게도 이게 내 인생

씨알도 먹히지 않았다.

마감은 좀
미리미리 하면
될 거 아니냐!!

틀린 말이 아니어서 할 말이 없음

적당히 가깝고 뱅기 표도
비싸지 않으면서…

가족 모두 한 번도
안 가본 곳이 어디지?

비행기와 장소는
내가 알아보고
숙소와 여행 코스는
아들이 알아보기로
했는데

대만이 비행기 표가 싸네, 가깝고…

헉 씨 근데 졘래 덥다고? 그럼 안 되징….

여름을 피하기 위해 휴가를 가는 건데 그런 곳을 갈 순 없지

하지만 대만을 가장 온전하게 체험해 볼 수 있는 것은…

음식 문화

내 위장에 대만을 담으러 간다!!!

악!

와

그렇게 대만행이 결정되었다.

 슬프게도 이게 내 인생

여행 전까지 세이브가 없던 나는
한동안 불꽃 원고를 하다 보니

흔한 반도의 열녀

벌써 여행 날이 되었다.

넝마가 되어 공항에 도착

엄빠는 멀리서 오는 거라
미리 오빠를 만나기로 했는데

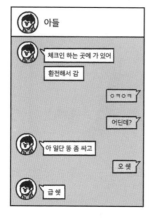

아들

체크인 하는 곳에 가 있어

환전해서 감

ㅇㅋㅇㅋ

어딘데?

아 일단 똥 좀 싸고

오 쉣

급 쉣

도중에 급한 일이 생긴 모양이었다.

미리 만나기로 해서 훨씬 일찍 왔는데
똥맨을 기다리느라 의미가 없어졌다.

…칫 똥싸개…

푸핑머신…

변비 환자는 부러웠다

슬프게도 이게 내 인생

똥쟁이를 기다리다 보니 엄빠와 먼저 만나게 되었다.

오랜만에 본 부모님이 반가웠다.

엄마는 딸 걱정뿐!

왜 나만 게을러

 슬프게도 이게 내 인생

그렇게 밥을 다 먹고
비행기를 타니

익스큐즈 미~

기내식을 주었다.

비프 누들? 올…
쉬림프 라이스?

미친
안 주는 줄 알고
잔뜩 먹고 탔는데.

우리 가족은 덩치가 작지만
잘 먹는다는 말을 많이 듣는다.

순식간에 두 끼를 해치움

겨우 도착한 대만.

더운 줄은 알았지만

상상 이상으로
더웠다.

훌륭한 삼중주

뜨거운 날씨와 습도 때문에
험난한 앞날이 예상된다.

내 걱정이나
해야지.

과연 무사히 여행을 마칠 수 있을까?

오빠는 엄마를 닮고 나는 아빠를 닮았다.

그래서 캐릭터를 만들 때
나름 고증을 살리려고 노력했다.

나는 아빠랑 비슷하게
오빠는 엄마랑 비슷하게
해야 하지 않을까?

그래서 자세히 보면
엄마와 오빠의 이목구비와

아빠와 나의 이목구비가
묘하게 비슷하다.

그냥… 그랬다는 이야기.

거의 이스터에그

043

여름휴가 (2)

엄청난 더위와 습도의 대만!

더위를 피하려다가
맞짱을 뜨게 돼버린 일가족.

아직 우리 레벨로
못 잡는 거 같은데

던전을 잘못 찾아온 느낌

슬프게도 이게 내 인생

갑자기 그들에게 찾아온 시련!!

셀프 독

그들의 모험은
과연 어떻게 될 것인가!

우리는 숙소가 있는
시먼 역에 도착했다.

날씨 죽이네

나를 죽이네

숙소로 걸어가기 위해
신호를 기다리는데

어 파란불이당

오앙 파란불이
진짜 걷는당!

신호등이
엄청 귀여웠다.

25

시간이 줄어들수록
더 빨리 걷네?

개존귀!

 슬프게도 이게 내 인생

인간 신호등

문명의 축복

깨끗한 공간

그리고 자연의 소리

3천 궁조

아빠가 회복하는 동안
우리는 짐 정리를 하기로 했다.

후딱 짐 정리해불고
아빠 나오면 나가자

넹~

여행 짐은 최대한
간소해야 한다.

원바지 포데이스

 슬프게도 이게 내 인생

짐을 다 정리하고
본격적으로 관광을 시작했다.

홍러우

시먼딩 거리

돌아다닐수록
서울이랑
별다를 게
없었다.

버블티
홍대 맛이네….
(미각 단순함)

저 플리마켓에서
슬라임만 팔면
완벽 홍대….

홍대를 그리워하는
홍대인

그렇게 거리를 구경하다
용산사로 향했다.

햐 뭇찌네

파란 하늘과
엄청난 건축양식이

안 보였다.

소원 빌라고
향을 파네

엄메! 여기도
미세먼지가!!

눈앞이 안 보일 정도로 연기가 가득!

슬프게도 이게 내 인생

대만은 도교의 영향을 많이 받아
다양한 신을 믿는데

그래서인지 용산사에는
다양한 신이 모셔져 있었다.

저 신이 건강을
주관하는 신이래
기도드리자!

향을 들고 기도하는 사람들,
책을 들고 열심히 읽는 사람들,
점괘를 치는 사람들 등

간절히 그들의 신을 믿는
사람들이 많아 보였다.

건강을 주관한다는 신 앞에서
간절히 기도하는 사람을 보면서

꼭
완쾌하시길….

난 종교가 없지만
그의 기도가
이뤄지길 바랐다.

공물들인가?

엄청 많네 이 신이 제일 인기 많은가 봐

주변을 둘러보니 테이블 위에 음식들이 눈에 띄었다.

그 가운데 느껴지는 기시감

빠 G 밤

잠깐… G디바?

신들도 달달구리를 좋아하는구나.

어 맛있지 초콜릿… 비싼 초콜릿

쏘 스윗하구나

번뇌를 넘나드는 달달함

용산사를 다 보고
밥집으로 가기로 했다.

그곳은 대왕 연어초밥으로
유명한 식당이었다.

Big대륙이라도 온 건가?

포장하시면 덜 기다려요!

한글 메뉴판이 붙어 있고 한국말이 매우 유창한 사람이 주문을 받고 있었다.

가게 안이 좁아요 죄송합니다!

좀 더 직관적인 헬조선에 온 것 같네

연어 초밥 연어 뱃살 오징어 초밥 두부 뭐 그리고 뭔 꼬치.

뭐뭐 샀어?

포장해 숙소에서 먹기로 하고 주문을 했다.

오… 그럼 이제…

기다림의 시간…

넋부랑

 슬프게도 이게 내 인생

너무 덥고 습한 상황
족저근막염까지 도져버렸다.

엄마는 대만 길거리 특유의 향신료 향을,
아빠는 기다리는 걸 이해하기 힘들어했다.

힘들다 자꾸만 주변 상황들이
한국을 그리워하게 한다.

가장 빨리 가는
인천공항 편이…

슈뗴!

진정해라
우리거 나왔다

살려줘

빨리 택시!!!!

30여 분을 기다린 끝에
우린 음식을 받을 수 있었다.

더는
못 서 있어!

삐!

편의점에 들러서
맥주를 사고

끼요오옷!!
빨리 가서 먹자!

가는 길에 빙수집도 있어서
빙수도 테이크아웃해왔다.

슬프게도 이게 내 인생

그런데

날 속였어!!

양이 너무 적었다.

깊은 배신감

그렇게 굶주린 우리에게
신(辛)이 나타났다.

떡밥 회수

라면까지 먹고 나니
배는 불렀지만 뭔가 공허했다.

슬프게도 이게 내 인생

인생 망고

역시
디저트의 천국
대만이었다.

리스펙

하루를 마무리하며
내일의 일정을 확인했다.

우리
내일은 뭐 해?

버스투어
신청했다.

배부르고 피곤하니
잠이 오기 시작한다.

버스투어면
버스 타고 다닐 거니까
많이 안 걸어 다니겠지…?

꿀밤이겠구만ㅎ

배불러서 초긍정맨 됨

다음 날 무슨 일이 벌어질지
알지도 못하고

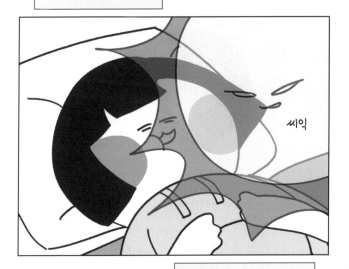

씨익

대만에서의 첫날이 지나간다!

여름휴가 (3)

계속되는 불꽃 여행

인나라 휴먼

대만에서의 아침이 밝았다.

아버님 기침하셨어요?

단 한 발자국도 못 움직이겠어

늙으수레

슬프게도 이게 내 인생

그래도
조식은
먹어야 했다.

잔뜩 먹은 후
배출의 시간

이젠 익숙한 루틴

준비를 다 하고
나가기 전,

67

신체의 비밀

그렇게 시작된 투어는

안녕하세요~
여러분 지금 시간은
오전 10시

이 투어는
시먼 역에서
출발하여

여기 가고 요기조기 갔다가
저기 여기를 간 다음
징궈스, 지우펀을 찍고
다시 시먼 역으로 돌아오면

머엉

오후 9시가
될 겁니다능

투어가 아니라
트레이닝인가

두려웠다.

속성 대만 하루 만에 조지기!

가이드가 아까부터 박력이 넘친다

 슬프게도 이게 내 인생

그렇게 시작된 11시간의 강행군

실신의 연속

기억나는 것은
아름다운 자연경관과

맛있는 음식

그리고 썩은 내 몸뚱이였다.

…엄빠는
안 힘드나

반백 살 부부가
건강해서 다행이네…

신체 나이는 이미 지하철 프리패스

찐으로 화형당하는 느낌

 슬프게도 이게 내 인생

역시 여행도
건강해야 하는 것이다.

아이고 이 나이에
몸이 이리 약해서 어쩌나

다시는… 뜨거운 태양 아래…
만 보 이상 걷는… 여행은…
하지 않으리….

파들
파들

절대 운동할 생각은 안 함

길거리의 개들도 더운지 바닥에
늘어져 꿈쩍도 하지 않았다.

아따 너희들은…
털이 많아서 더 덥겠구먼…

헐떡

녹개

어쨌건

나도

등에 소원을 쓰고 날리기도 하고
지우펀 가서 펑리수도 사다 보니

지인 집에 맡겨 놓음.

웅아! 한국은
시원하니?

올 때
펑리수

지우펀…
지옥펀

🐾 슬프게도 이게 내 인생

버스투어는 야무지게 9시 정각
숙소 앞에 내려주며 끝이 났다.

넝마가 된 우리는 숙소로 가서 씻고
피로도 풀 겸 발 마사지숍으로 향했다.

소금 푼
뜨신 물에
족욕을 하고

각자
마사지를
받는데

걱정

HEYYEYAAEYAAAEYAEYAA!!

슬프게도 이게 내 인생

웨얼알류프롬?

코리아!

마사지를
받는 도중
선생님이
우리의 신상을
물었다.

오! 코리아
패밀리 투개더?

예쓰 맨~

어디 어디
보고 왔니?

어… 지우펀
앤드 ㅅ 먼…

깜짝

앗 잠깐!!
씨먼이라니!!!

Semem은
정액

Ximem!
시먼딩! 이놈아!

추태를
보이고 말았다.

알아도 그런
단어만 알지?!

저분이
못 들었어야
할 텐데.

집안 망신

그렇게 말랑해진 발로
숙소로 돌아와 기절할 듯이 잠들었다.

영원한 잠…!

캬 극락 가겠네

다음 날

이럴 거면
왜 가져왔냐

단 한 번도 안 씀

조식을 먹은 후
고궁박물관으로 향했다.

짱 넓은 박물관이니
다 보려면 엄청 걸린다고

각오하래

슬프게도 이게 내 인생

가는 길 내내 나만 일을 못 봤다는
이유로 추궁을 당해야 했다.

대만을 머금은 장

변비쟁이는 마음이 아팠다.

묵직한 기념품

버스를 1시간 타고 도착한
고궁박물관은 크고 아름다웠다.

내부는
시원하겠지

안 시원하면
전시품 한 개 훔쳐서
에어컨 달아준다.

괴도 휘센

이게 그
청나라 때
그거구먼

오디오 가이드도 빌려서
열심히 돌아다녔다.

오래된 도자기일 텐데
디테일이 음총나네

청나라 사람,
현대 사람보다
그림 잘 그린다

현대 웹툰 작가는 자괴감이 들었다

 슬프게도 이게 내 인생

그렇게 모든 전시물을 보는 데 성공!

휴! 그래도 겨우 다 봤다

각오하랬는데 개껌이여

요즘 사람들 허풍이 지나치구먼

어? 근데 여기

2관도 있다는데?

와 다 봤다~ 얼른 나가자!

뒤뒤

배고프다 배고파~

도망쳤다

우리는 점심으로 우육면을 먹기 위해 우버를 불렀다.

세상 참 좋아졌구만!

한 50분은 가야 햄

우버: 스마트폰 앱으로 승객과 차량을 이어주는 서비스.

우버가이는 내 취향이었다.

헬로우~

헐 귀욤둥이

우버가이는 뭔가를 보여줬는데

그는 듣는 것이 불편한 듯했다.

남편을 만들어갈 뻔했다.

영어를 못해서 다행이야!

우버가이는
굿 드라이버였고

베스트 드라이버 에버

난 굿나잇이었다.

어쩜 머리만
닿으면 잘까…

커어어어

자는 모습이
천사 같구먼!

놀라운 부모님의 사랑

하지만 한참을 달려 도착한 우육면집은

고만 인나
자-직아

으?

잇츠
히어!

땡큐!

슬프게도 이게 내 인생

휴무였는데…

과연 그들은 우육면을
먹을 수 있을 것인가?

045

여름휴가 (4)

잠이 깼다

처음에는 가게를
잘못 찾은 줄 알았다.

뒤늦게 현실 외면

하지만
당시 대부분의
가게가 휴무였고
우린 대책을
생각해야 했다.

여기 단수이 지역은
아게이라는 게 유명하대요.

여기서 좀만
걸어가면 있으니
이것을 먹읍시다

아게이 (油揚げ)

유부 안에 당면을 채워 넣어
소스와 함께 끓인 음식.
한국으로 치면 떡볶이 같은
분식이다.

슬프게도 이게 내 인생

심상치 않은 간판

심상치 않은
세트 메뉴

그리고 맛있었음.

엄빠도 나쁘지 않으신 듯했다.

츤츤대시는 편

적당히 배를 채우고
단수이 관광지를 둘러보는데,

담강고급중학

홍마오청

 슬프게도 이게 내 인생

한국인들이 짱 많았다.

인스타그램~ 인스타그램~ 속엔~

전에도 말했지만 사진에,
인생샷을 찍는 데 흥미가 없다.

인생샷 하면 이쪽에 더 가까운 사람

이쁘게 나오는 것보다 웃기게 나온 것이
나중에 사진을 볼 때도 즐겁다고 생각하는데

찍는다~
하나둘셋

중요한 건 다른 사람들은 대부분
그렇게 생각 안 한다는 것이다.

슬프게도 이게 내 인생

그리고 사진을
찍어달라고 요청할 땐
코리안 걸에게
요청하는 것이
좋은데

왜냐면

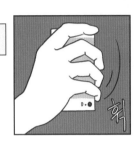

돈 줘야 될 것 같아

그리고 반대로도 한번
찍어드리는 것이 여행자의 미덕.

뭔가 몰려드는 부담감!!

최선을 다해서 찍어보지만

원래 못 찍히는 사람은
찍는 것도 잘 못한다.

엉망진창

결국 다시 찍어드렸다.

히죽

개억울

주요 관광지를
다 돌아보고
단수이 강의 야경을
보러 왔는데

못 봤다.

킹수 갓바다

#JMT

그리고
숙소 와서
술을 먹다가

걸쭉한 20대

잤다.

넘 많이 마심

급해 해장

아빠가 캘리포니아롤을
비닐도 안 떼고 먹고 있었다.

왜 음식에
못 먹는 걸 껴놔!

먹어서 환경 보호

오픈 때까지 시간이 남아
101타워를 구경했다.

멋진 가족사진.jpg

딘타이펑
오픈 시간에 맞춰
점심을 먹으러 갔다.

캬아…
감동적 비주얼

드디어 맛보는 우육면,
미슐랭을 받은 샤오롱바오

개마싯서!
우육면!!

꼴깍

육즙이!

대동강이여!

그리고 반주로 마시는
맥주는 너무 맛있어서

대만으로 귀화할 뻔했다.

여권 태운다.
타이완 넘버원

딘타이펑
강남에도 있음ㅋ

역시 I SEOUL U

끓어오르는 애국심

슬프게도 이게 내 인생

그렇게 식사를 마치고
공항으로 가는 길

천천히 이번 여행을
곱씹어 보았다.

많이 덥고
힘들었지만
엄빠랑 또 언제
여행을 오겠어

음식도 맛있었고…
관광하느라 더
못 먹은 게 아쉽다

디저트 종류를
많이 못 먹어봤네….

다들 단 걸
안 좋아하니까….

설탕만 8킬로 먹을 거야

쿨 이별

슬프게도 이게 내 인생

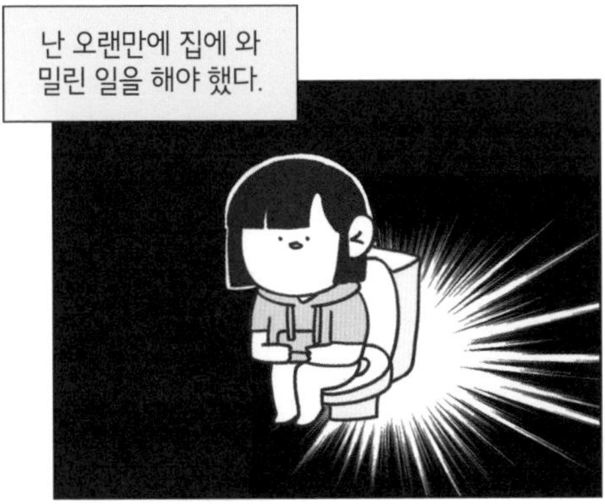

꽉꽉 밀린 장 청소

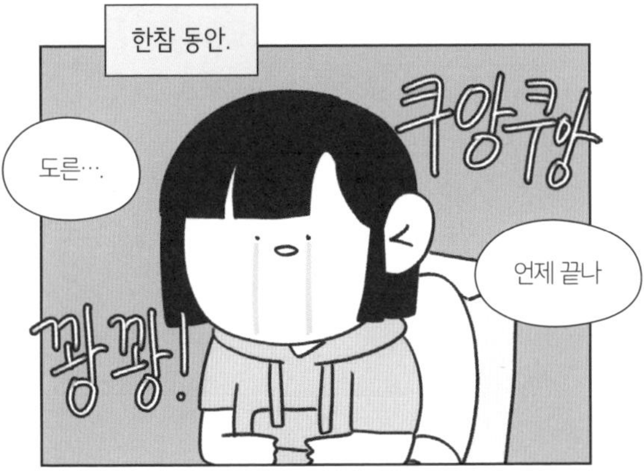

모두 장 건강을 소중히!

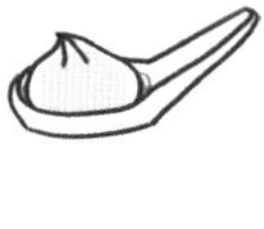

여름휴가 시리즈가 다 올라가고 나서

뭔가 보람찼다.

 # 046

제발 퇴사 좀 해라!

지랭이가 퇴사를 한다고 한다.

어쩌라고?

이 집
리액션 맛집이네….

아주 짤짤해

그러나 그는

1년만 채우면
퇴사한다.

올해는 꼭
퇴사한다!

재작년

3월에 퇴사 안 하면
내가!! 버러지 새끼다!

작년

올해 초

왜냐면 넌…

자업자득

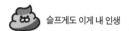 슬프게도 이게 내 인생

난 직업정신을 발휘했다.

그래서 오늘은 지랭이 이야기.

지렁이가 다니는 회사는
광고 이미지를 만드는 곳.

요런 데 쓰는 이미지

이곳에서 그의 업무는

광고주와 컨택

견적서 쓰기

시안 기획, 디자인

촬영 소품 사기

스케줄 관리

수정사항 전달

슬프게도 이게 내 인생

너무 많았다.

정신…! 없어!!

혼미

그 와중에

지랭 씨 지랭 씨!

느네?! 네?

잡일까지
떠맡아야 했다.

점심시간 때
내 도시락 좀 사 와라

이 늙은 바보가
떠나가는구나!
안녕히!

일단 자네 돈으로.
나중에 청구해

어이 가출

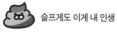
슬프게도 이게 내 인생

그리고 대표가

한 포기를 가져왔는데!

좀 자부심이 넘치는 성격이라

무대매너 폭발!

종종 뭔가를 알려주려고 하는데

대화를 해보면 해볼수록

이럴 거면 왜 물어봐

슬프게도 이게 내 인생

그냥 가르친다는 행위 자체로
본인의 자존감을 높이는 것 같다.

그러니까 네가 아직
부족하다는 거야!!!

그럼
자르든가

부족한 사람 왜 이렇게 부려먹어

어느 날은
미팅을 다녀오더니

어제 K배우랑
미팅 있었잖아?

내가 또 그냥 갈 수 없어서
선물을 사들고 갔었니

근데 탑배우가 뭐가
부족한 게 있겠어
다 가졌을 거 아냐

그래서 내가 또
생각을 다르게 했지

대표특: 안 궁금한데 말이 너무 많음

Top배우에게 쓰레기를 선물했다.

K배우님 성격 좋으시구나

일의 큰 흐름은

시안 및 기획을 뽑고

광고주에게 컨펌

촬영본을 CG팀장이 버무림

제품을 촬영

광고주 최종 컨펌을 받으면 끝

하지만 인생이 그렇듯
절대 스무스하게 흐르지 않는다.

인피니티 워크

광고주가 이상하거나

슬프게도 이게 내 인생

너를 보니까 코리안 록이 죽지 않았더만

촬영 소품을 구하기가 쉽지 않거나

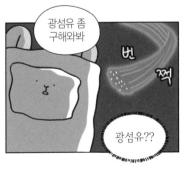

이거 CG팀장한테 좀 더 잘 비벼보라 그래

커뮤니케이션이 빡세다.

일단 광고주한테 보내보고 수정하자 하면 안 돼요? 어차피 수정할 거…

아직 광고주한테 보낼 그림이 안 됐다니까!!

아니 그래도 일 두 번 하는 것보단 낫죠!

나는 앵무새가 아니다…!

너네 지금 같은 사무실에 있잖아!

어느 날은 최종 컨펌만을 남겨두고 마감 일정을 잡고 있었다.

다음 주 금요일까지 드린다고 하면 될까요?

음 아마도요?

근데 수정 요구가 난해한 편이라…

걱정하지 마!

슬프게도 이게 내 인생

부장이 패기롭게
일을 맡았다.

마감일.

너도 사패 새끼지!

사정을 말해보았으나

제가 일이 있어서 정시 퇴근을 해야 하는데

최종 원고 다 되시면 광고주님께 메일만 보내주시면 안 될까요?

칼퇴 할 줄 알고 약속 잡음

광고주님께는 미리 말씀 드려놓을게요!

상황만 악화되었다.

부장인 나도 금요일 약속 안 잡는데…

어어디 일개 사원이…!

아니 너만 믿으라며

결국 야근하고
퇴근했다.

어떻게 그렇게
책임감이 없이
일을 하니 네가
끝까지 광고주한테
메일 보내야지
그리고 같이 맡은
일은 같이 해야지
디렉팅도 같이 봐야
될 거 아니야
어디 혼자서 쏘옥
빠져나가려고

부장님이
알아서 하신다고
그랬으면서…

재잘!

뒤끝

아 오늘따라
몸이 무겁네…

월요일이라
그런가…

이렇게
일을 항상
과하게 하다 보니
건강을 해칠
정도였는데,

현실 월요병

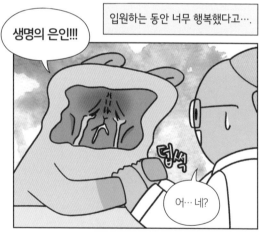

당신이 마더 테레사!!

어떤 날은 출근길 지하철에서
갑자기 눈앞이 깜깜해졌다.

어어?
어지러워

왜 이러지
앞이 안 보여….

다리도
후들거리고….

허억… 허억.

어떠케

이러다 죽겠다는
생각이 들어 당장
지하철에서 내려

쓰러질 거 같아

벤치에 드러누웠다.

보통 사람이라면
병원에 가서
비타민이라도
맞고 쉴 텐데

간절…!

벌떡!

다 듣고 난 후 이 새끼도
제정신이 아니구나 싶었다.

너 이제 보니
아주 변태 새끼구나?

쯧.

사실 즐기면서 다니고 있었답니다

덧

얼마 전

야. 네 만화 그래도
너 퇴사하면 올라가겠다.

아 그래?
언제 올라가는데?

9월쯤?

어쨌건 그는 아직도
퇴사를 못 했습니다.

최고의 덕담

047
뒤처진다는 느낌이 들어요 (1)

누군가 나의 인생 목표를 물어본다면

저기요~ 혹시 삶의 목표가 어떻게 되세요?

도꺎이

이어폰도 뚫는 침투력

대답을 쉽게 못 할 것이다.

그러게요···. 인간은 왜 태어나고··· 왜 죽는가.

ㅣ 도

네?

철학적 디펜스

슬프게도 이게 내 인생

그도 그럴 것이 아직
삶의 목표를 잘 모르겠다.

제일 어려울 것 같은데?

사실 그냥 태어난 김에
살고 있는 느낌이 강하다.

생각할수록 답이 없음

물아일체 인생

이미 극락에 가버린 인성

Hell's atelier

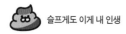
슬프게도 이게 내 인생

입시할 때도 많이 혼났었다.

와중에 꽃피우는 창의력

딱 5분만!! 주시면…!

혼나고 있어도 드립을 참지 못하는 학생

어렸을 때부터 싹수가 노랬던 나지만 나름 대학은 성실히 다녔었다.

그래도 디자인이 적성에 맞아 성적이 못 볼 꼴은 아닙니다.

아니… 믿어주세요…. 진짠데… 열심히… 했…. 디자인… 싫어하진 않….

신용 빌드업 실패!

하지만 큰 틀은

어느 분야에서 일하고 싶으세요?

슬프게도 이게 내 인생

구체적인 한량!

변하지 않았다.

지금 다니고 있는
회사에 취직하고
여느 날같이
퇴근을 하던 때

문득 깨달았다.

다시 보니 선녀 같나?

139

소작농급 월급

슬프게도 이게 내 인생

하지만 지금 현실은
불만족스러운 편이었다.

바라던 인생인데
왜 이런 거지?!

흘러가는 대로
살았더니 하필
시궁창으로 흐르네!!

구정물이었음

일은 성취감이라곤 찾아볼 수 없었고

인별은
어떻게 했지?

주 업무_1
유명 SNS 앱 카피

소개팅 앱
만들자!!

대표

하아…

주 업무_2
가치관에 안 맞는 일

뭔… 깨톡
프사를 보정해
달라 하냐…

주 업무_3
기타 잡일

정말 죽지 않을
정도만 버는 건

구려.

차라리 죽음을
택하는 게 나음…

정말 죽지만
않을 정도의
삶이었다.

난죽택

이렇다 보니 퇴근을 하고 집에 오면
허망함에 잠들지 못했다.

나 오늘 뭐 했지…

뭔가 엄청
공허한 느낌이야…

배고파서 그런가?

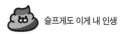
슬프게도 이게 내 인생

그렇다고 회사를 그만두지는 못하고
그냥저냥 살아나가던 날들 중

과거 나랑 비슷하다고 생각했던
친구들의 성공하는 모습이 보였다.

축하한다는 말은 진심이었지만

마냥 좋지만은 않았다.

나타나는 추잡한 마음

친구의 좋은 일을 순수하게
기뻐하지 못하는 스스로가 싫었다.

이렇게나 인간의 본성은 더러운 거구나!

비교하는 게 나쁘다는 걸 알면서도

아! 진짜 못났다!

조급해하지 않아도
된다는 걸 알면서도

아냐!! 모두 졸업하고
바삐 노력한 결과물이야!

난 남들 할 때
뭘 한 거야!

아마 누워 있었을 겁니다

한번 머릿속을 지배한
열등감, 부정적인 생각은

고생하긴 싫어하면서
맨날 적당히만 하고

이게 다
사회 때문이다!

사회 탓만 하고
아무것도 안 하니까!

진정한 사회 부적응자

뒤처지는
거라고!

난 도태되고
있는 거야

아니 다들
어느새···!

쉽게 떨쳐내기
어려웠다.

슬프게도 이게 내 인생

삶이 달라지길 바라지만
아무런 행동도 하지 않는다.

안락♥

말과 행동의 괴리에
자존감이 바닥을 친다.

왓츠뤄엉윗미!!

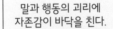

이때쯤 되면 악마가 속삭인다.

야! 사람마다 걷는 속도가 다른 거지!

넌 아직 어리고 젊어! 도태되는 게 아니야

다 추진력을 얻기 위함이지 좀 더 시간을 가져도 돼!

아니야 그럴듯한 말로 또 합리화를 할 뿐

공부도 하고 스펙도 쌓아야지

젊은것이 가만히 방에만 처박혀 있음 꼴 보기 싫단다!

너 천사 아니지

슬프게도 이게 내 인생

지능은 셋 다 동일했다

가만히 있을 수만은 없다.

배신

현실적으로 생각해보자.

남은 재산 제로!

열정 급발진!

현대판 *러다이트 운동

*19세기 영국에서 일어난 기계 파괴 운동

흔한 게임중독의 원인

 슬프게도 이게 내 인생

겨우 정신 차리고 결심했다.

스펙은 무리하게 안 쌓아도 돼!

거창한 게 아니라 작은 성취감이라도 느끼고 싶어!

퇴근 후 스스로 열정을 태울 수 있을 만한 일!

그걸 찾는 거야!

뒤처진다는 느낌이 들어요 (2)

지난 이야기 요약

봐주시는 독자님들 감사드립니다

슬프게도 이게 내 인생

처음에는 이직에 도움 되는 일을
해야 할 것 같은 부담이 있었다.

스펙 쌓지 말자
라고는 했지만…

간단한
코딩 정도
배워볼까

책 한 권 사서
따라 하면 되려나

?????????

빠른 포기

 슬프게도 이게 내 인생

하지만 마음이 움직이지 않았다.

분명 이 일을
싫어하는 건 아닌데 이상했다.

게으른 걸 그럴듯하게 포장 중

예전에는 멋진 디자인을 보면 나도
저런 걸 만들고 싶다는 생각이 들었는데

이젠 막연하게만 느껴진다.

메말라버린 감정

슬프게도 이게 내 인생

입시미술을 하고자
한 것도 내 선택이었고

아 학원!!!
미술학원 보내도!!!

미술하건!!!

악령이
든 게 아닐까?

엑소시즘 해야 하나?

전공을 정한 것도
내 선택이었는데

여그가
나의 길~

아이고!!
족저근막염 때문에
벌써 발이 아프네

더 이상
이 길을 똑바로
나아갈 수 있을지
두려웠다.

한 발자국도
못 걷겠네 어쩌나!!

절대 쫄아서가
아님!!!

산 넘기 싫어서 그런 거 아님!!

그렇다면 난 뭘 해야 할까?
뭘 해야 이 마음의 구멍이 채워질까?

아이고!
훤허네!

브라자를
깜빡했나 보다!

갠차나! 티 안 나!

내가 진짜
좋아하는 게 뭐지?

아무도 시키지 않아도
스스로 하던 일 말이야

오랜만에
나 자신과
깊게 대화를 했다.

아 아니
만취하는 거 말고

퐁

동구멍과 대화

그림 그리는 걸
좋아했던 것 같다.

이왕 하는 거
잘해!

응응!
잘할게!

열심히 할게!!

걸어서 지옥 속으로

슬프게도 이게 내 인생

대학 간 게 용함

학원에서 칭찬받는 유일한 순간

극한의 자기 미화

추억과 함께 흘려보내는 분신

핵 단순

빌런으론 소년만화도 가능

바로 다음 주
비슷한 제목의 드라마가 나왔다.

뺏진 않았지만 뺏김

 슬프게도 이게 내 인생

3만 원짜리 싸구려 타블렛을 사고
어설프게 그려보기 시작했다.

일단 장비 탓을 해본다

처음엔 간단히 그려 예전처럼 SNS에 올렸다.

거참! 그렇게 되면 곤란해!

점점 익숙해지자 욕심이 생겼다.

짱친특: 절대 사실만 말함

올리는 날짜를 정하고 정기적으로
여러 군데 올려보기 시작했다.

매일 노트북과
타블렛을 들고 다니며

으 하필
가방끈이
한 개여!!

왜 그랬어!

회사에서 할 일이
없으면 스토리를 쓰고

엌ㅋㅋ 소재
개이득ㅋ

퇴근하면 24시 카페로
달려가 그림을 그렸다.

카페인
도핑!!

힘들고
귀찮았지만

으~ 집 가고 싶다.
배고프다~

이런다고 돈이
더 들어오는 것도
아닌데….

컵라면에 맥주 먹고
자고 싶다….

찾아주는 사람들이
있어서 그만둘 수 없었다.

ㅋㅋ악
댓글 달렸어ㅋㅋ

"저희 회사엔
사원 자리에서"

스스로를 위로하기 위해서 그린 그림이
다른 사람을 위로할 수 있다는 게 신기했다.

야동을 보는
변태 새끼가 있어요…?

오싹

당신 댓글 달 시간에 빨리 도망쳐…!

 슬프게도 이게 내 인생

흔한 알코올중독의 모습

핀트가 한참 잘못됨

슬프게도 이게 내 인생

모든 죄책감은 미래의 나에게!!

슬프게도 이게 내 인생

정식 연재 제안 메일이었다.

왜…?

캐릭터를 역시 이 캐릭터로
하면 안 됐다는 생각이 자주 든다.

그런데 딱히 이거다! 할 만큼
닮은 동물이 없어서 문제다.

아무튼 갑자기 동물 캐릭터로
돌아와도 아는 척해주십시오.

049

연재 제의

사기 메일
인가?

호의엔 일단 의심을
하고 보는 사회인

처음에는 내 신상 정보를 털려는
나쁜 사람인 줄 알았다.

아니 간절한 사람한테
이런 못된 짓을 하다니!

천벌받을!

인터넷뱅킹 비밀번호
5번 틀려서 은행 가라!

극악무도한 저주

메일에 *서명이 포함되어 있길래

*서명: 메일 발신자의 소속, 이름, 연락처가
포함된 메일용 명함

진짜니까···

음··· 사기치고는
정말 진짜 같아
꼼꼼해

꼼꼼하신 분이긴 했다

구글링을 좀 해봤다.

이름 정도 검색해봄

···?

죄송합니다···

근데 진짜
검색에 걸려버림.

어? 진짜
있는 사람이네?

심지어
웹툰과 관련된
인터뷰 기사···!

신뢰도 급발진

상황 파악 중···

파악 끝

슬프게도 이게 내 인생

매너 모드

넘 놀래서 과호흡 옴

태초를 거스르는 꽝의 기억

 슬프게도 이게 내 인생

기회만 주신다면
꼭 연재해보고 싶습니다. 절퍽

회신 기다리겠습니다.

연락해주셔서 감사합니다.

좋은 하루 보내세요:)

절제 실패

하지만
중요한 점은
메일이 온 건
지난주 금요일,

메일을 확인하고
답장을 보낸 건
주말이 지난
월요일이어서

메일 답장이

화요일

수요일

안 왔다.

목요일

3일이나 지났는데
왜 답장이 없지ㅠㅠ
ㅠㅠㅠㅠㅠㅠㅠㅠㅠㅠ

엉엉

내가 더 좋아하는 게
티가 났나 봐ㅠㅠ

담당자님은 밀당 천재

자꾸만 메일을 신경 쓰니까
일이 손에 잡히지 않았다.

내 만화 사실
해롭다는 걸
눈치채신 건가?

띠아씨!
몸에 해로운 게
맛은 좋은디!

설마 몸에도
안 좋은데 맛도
구린 건가!!?

아씨 그럼 할 말 없는데

그렇게 나는
찐따 습성을 버리지 못하고

그래도 먹다 보면
생각날 수도 있지!!

솔의 눈도
먹을 땐 이상한데
나중에 꼭
생각난다고!!

그러니까 제발
버리지 마세요…!
퇴사할 수 있게
도와주세요!!!

파바박

빨리!!!! 이 지옥에서 날 구해줘!!

문자를 보내고 말았다.

전 애인급 구질함

얼마나 놀라셨을까…
죄송스러워진다.

굉장한 집착

슬프게도 이게 내 인생

그렇게 가까스로(?)
연락이 닿아 미팅을 하게 되었다.

그날이 하필 111년 만에 온 폭염이었다.

사실 난 통 속의 돼지가 아니었을까?

어떤 미친 요리사가 훈제 요리를 하고 있는 거라면?

훈제 삼겹살

더위를 뚫고 드디어 만난 담당자님.

웩!!!! 안녕하세요!!!

슬이 님, 오늘 너무 덥죠~

네ㅎㅎ 역에서 회사가 좀 머네요!

인간 쥐불놀이

아이곡ㅋㅋ 다니는 버스 있는데 그 먼 곳을 걸어오셨넼ㅎㅎ

괜찮아요ㅎㅎ 대부분 처음에 걸어오시더랗ㅎ

돌아가실 땐 버스 타고 가심 되져~

그것이 통과의례?

 슬프게도 이게 내 인생

에어컨 빵빵한 카페로 가서 시작된 미팅

사회 초년생을 키워드로 가지고 있는 생활툰은 없거든요.

보통 초년생들은 사회 적응하느라 바쁘니까요

아… 그렇죠

찔려버린 사회 부적응자

그럼 슬이 님은 어쩌다가 웹툰을 그리게 되신 거예요?

꾸…꿈이 원래 웹툰 작가여서….

그렇군요!

사회에 적응 못 해서일 수도 있고…

슬슬 마무리되는 미팅 자리

그럼 준비 기간을 가지고 세이브가 좀 쌓이면 연재하죠?

네! 열심히 준비할게요!

회사 다니시면서 원고 하실 거죠?

무슨 소리시죠?

이미 퇴직금 계산을 끝내었습니다만?

아

본인 퇴사하는 상상함

슬프게도 이게 내 인생

하지만 생각지도 못한 변수.

어쩜 그리 잔인하세요?

담당자님은 사려 깊었으나

사려 깊은 진심

난 생각이 종잇장보다 얇은 사람.

이런 단절은 환영!

하지만 소재 때문에
일단 다니면서 해보기로 했다.

담당자님?

 슬프게도 이게 내 인생

성공적으로
미팅을 마친 다음 날

몸 컨디션이 별로였다.

성격도 둔하고 몸땡이도 둔함

병원을 가보니
생각보다 심한 상태였다.

날씨가 미쳐서
몸이 득도한 줄 알았는데

진정 몰라서 그런 건가

111년 만의 폭염과
급격한 냉방으로
몸살에 걸린 것이었다.

극한의 온탕 냉탕

링거를 다 맞아도
일할 상태는 아니어서
병가를 내기로 했다.

제 발 저렸다

찝찝함

 슬프게도 이게 내 인생

다음 날

할 말씀 있으시다는 게 뭐죠?

아… 저 사실

봤어요.

…무엇을?

 슬프게도 이게 내 인생

만화 그린다는 것을
들키고 말았다.

실제로 나는 항상 내 손으로
뭔갈 이뤄본 적이 없었다.

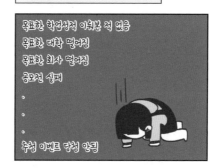

목표한 학업성적 이뤄본 적 없음
목표한 대학 떨어짐
목표한 회사 떨어짐
공모전 실패
.
.
.
추첨 이벤트 당첨 안됨

그런 내가 처음으로 뭔갈
해내 본 게 웹툰 데뷔였는데

뭐? 정식 연재?
구라 아님??

그래서 의심했음

그렇게 올인설이 성립되었다.

050

퇴사

슬이 님?

그걸 봤다고…?

유출 이미지

가랑이 업보

왜 이렇게 그곳에 집착해

다들 아는데 모르는 척해주는?

들킨 김에 모든 걸 털어놓기로 했다.

에라이 실토

그는 진심으로 같이 기뻐해줬다.

당신은 천사입니까?

예전에 그에게 물어본 적이 있다.

내 님은 대표보다 나이가 많은데 왜 꼰대가 안 됐어요?

음

열일 중인 자세

이 나이쯤 되면 끊임없이 자기 검열을 해야 합니다

나이 많다고 남 가르치듯 행동하면 꼴 보기 싫거든요

참된 어른의 모습

왜 여기 있는 거예요? 더 좋은 곳에서 오라는 곳 많을 것 같은데

그는 이 거지 같은 회사에서 유일하게 의지할 수 있었던 사람…

호딱 도망치세…

아 사실 진짜 할 말이 그거예요

이별 차단

재난 방지용

슬프게도 이게 내 인생

이유가 뭐냐고 물어보았다.

습관성 무관심

아시겠지만 회사 투자비용이 다 떨어져가요

투자자들이 투자한 만큼 결과가 안 나오기도 하고…

돈을 맨날 이상한 곳에 쓰긴 했으니 놀랍지도 않군요

탕진 잼

그래서 예산 절감을 위해 본인에게 쓸모없는 인력을 고민 중이었나 봐요

그러면…!

슬프게도 이게 내 인생

진짜 빡치면 언어 기능을 상실해서
쿨래식한 욕밖에 떠오르지 않음

납득할 수 없는 이유였다.

그가 전해준 이야기는

충격적이었다.

그는 대표가 나이로
바를 수 없는 유일한 인물이었고

주로 둘이 싸움

경력이 있어 월급을
많이 줘야 하는 그를 자르기 위해

눈엣가시

다른 사원들을 이간질한 뒤

유치뽕짝

주변 평판이 별로니
나가라고 정치질을 한 것이었다.

슬프게도 이게 내 인생

그 꼴이 더러워
곱게 나가주는 대신
퇴직금과 실업급여를
요구하였고

실업급여 수령
가능한 경우입니다.

꽉!

기빗 투미

어?

결국 퇴사하시게 되었다.

아마 몇몇
경력자분들도 자르기
시작할 거예요.

눈치챈 분들은
전부터 이직 준비를 하고
계셨더라고요

슬이 님은 아마
한 명뿐인 디자이너라
자르진 않을 거예요

하지만 판단은
슬이 님 몫이죠

알려는 드려야
할 것 같아서
말씀드렸어요

그의 말은 정확했다.

창립 멤버셨는데….

얼마 되지 않아 많은 분들이
하나둘씩 그만두고 이직을 하셨다.

UI 님마저 떠나갔을 땐

회사에 남은
인원은 절반

슬프게도 이게 내 인생

대표는 갑자기
많은 사람이 나갔지만
휘둘리지 말고

대표

손 치워!!

나는 오래
남아 있길 바란다며
월급을 진짜 조금
올려주었다.

숨길 수 없는 불쾌함

고민이 되기 시작했다.

일단 알겠다고
둘러대긴 했지만

이렇게 된 마당에
더 다니는 게
무슨 소용인가….

근데 담당자님과
약속했는데….

월급도
올랐고….

하지만 그 고민은 오래가지 않았다.

마감이란 걸 처음 겪어본 만화가의 모습

명쾌!

쇠뿔도 단김에 빼라 했다
바로 통보했다.

이번 달까지만 하고
그만둘까 합니다.

퇴사 경력만 5번째

하!

대표

왜요
그만둔 사람들이
뭐라 했어요?

그 말 믿지 마요
다 저 나쁜 사람
만드는 거니까

대표

하여간에
안 그래도 힘든데
진짜

없는 정도 떨어진다.

욕도 애정이 있어야 하는 거지

퇴사 날짜를 잡게 되었다.

결혼 날짜보다 더 소중해

대부분 구린 기억

좋은 회사는
아니었지만
내 생계를
책임져줬고

하지만 간은 책임지지 못했지

꿈을 이루는 걸 도와줬다.

물론 내가 잘한 거겠지만

회사를 길게 다닌
사람들이 퇴사할 때
조금 섭섭하다던데

나도
막상 퇴사할 땐
섭섭하려나?

슬프게도 이게 내 인생

퇴사 당일.

그럼 그동안 고생하셨습니다

생각 바뀌면 꼭 연락 주고

대폭
미련!

아님 그냥 종종 놀러 와도 괜찮…ㅇ

섭섭할 틈을 주지 않았다.

종종은 무슨 네 인생 종종 쳐버릴라

쾅!

쌉소리 차단

슬프게도 이게 내 인생

그렇게 2018년 겨울 어느 날,

순도 100퍼센트의 기쁨

약 2년간의
블랙 기업 생활에
종지부를 찍게 되었다.

방뇨 엔딩

월급 올래준대 놓고
결국 안 올려줬다고 한다.

지금은 그 회사를 그만둔 지
약 1년 반이 되었군요.

진짜 오래된 것 같은데
생각보다 오래되지도 않았네요.

고마웠던 사람들이
종종 궁금해집니다.

연락하라면 하겠지만
통 용기가 나지 않더군요.

혹시 보고 계셨나요?
잘 지내고 계시나요, 모두들?
건강하신가요?

궁금하진 않으시겠지만
저는 덕분에 잘 지내고
있습니다!

모두 모두 감사드립니다!

 **출판 후기**

안녕하세요. 새벽까지 마감과 출판 작업을 동시에 하면서
눈물을 흘리고 있는 슬입니다.
부족한 제 작업물이 여러분 사랑 덕분에 운이 좋게도 책으로 나왔습니다.
그것도 5권이나 나왔네요. 세상에···.
아직도 왜 이게 책으로 나왔지··· 감사하기도 하고 신기하기도,
흑역사가 쇠로 박제가 되었다는 생각에 창피하기도, 나무한테 미안하기도
여러 복잡한 마음이 듭니다.

출판 작업하면서 다시 슬이 인생 시즌1을 보니 이걸 재밌게 봐주신
독자 여러분들께 다시 한번 감사하게 되네요.

생각지 못하게 갑자기 데뷔하게 되어
어버버버 하면서 그린 만화라 엉망진창, 아쉬움이 많은 작품입니다.

사회 초년생이라면 한 번쯤은 고민해봤을 일들과
누구나 있을 첫 회사의 구린 기억, 처음 사회에 나왔을 때의 충격 등
모든 직장인 분들이 공감하셨으면 좋겠다는 의도가 있긴 했는데···.

을의 입장으로써 갑을 까는 모습이 시원하다고,
초반에 좋아해 주시는 분이 많아서
신나게 까버렸더니 줄기차게 남 욕하는 만화가 된 것 같아서
제 자신이 부끄럽네요.
저도 좋은 사원은 아니었는데 말이죠.

오타도 많고, 구린 연출, 실수, 잘못된 소재 선택, 언어 선택 등으로
보기에 불편을 드린 것 같아 독자 여러분들께
항상 죄송한 마음을 가지고 있습니다.

그래도 출판으로 넘어가면서 그런 부분들은 최대한 고치려
저와 출판사가 많이 노력했으니 너그러이 가볍게 봐주시면 좋겠습니다.
(작품의 맛을 위해 일부 비속어를 살린 점 이해해 주세요.)

연재할 때 제 만화 덕분에 힘든 하루 겨우 웃는다는 말씀 주실 때마다,
누추한 sns까지 찾아와 주셔서 따뜻한 응원을 건네주실 때마다,
좋게 봐주시는 여러분 덕분에 제가 오늘도 의자에 앉아
버틸 수 있는 힘을 얻고 있습니다.

제게 퇴사할 수 있는 기회를 주신 한송이 편집장님과
같이 단행본 작업을 해주신 출판사 여러분들
가족과 주변 지인들, 옛 회사 사람들 모두 감사합니다!

앞으로도 힘닿는 데까지 재밌는 만화 그릴 테니까요.
잘했을 땐 칭찬해 주시고, 개판 쳤을 땐 따끔한 채찍을 주시면
점점 발전해 나아가는 모습 보여드리겠습니다.

굳이 안 봐도 되는 출판 후기까지 봐주시느라 고생하셨습니다.
이제 라면 받침으로 써주셔도 됩니다.
사랑합니다.

DAUM WEBTOON × 더오리진

055

슬프게도 이게 내 인생 05

1판 1쇄 인쇄 2020년 7월 13일
1판 1쇄 발행 2020년 8월 12일

지은이 슬
펴낸이 김영곤   **펴낸곳** ㈜북이십일 더오리진
오리진사업본부장 신지원
책임편집 손유리   **웹콘텐츠팀** 이은지 홍민지 최은아
마케팅팀 황은혜 김경은
디자인 이아진, 프린웍스
영업본부 이사 안형태   **영업본부 본부장** 한충희
오리진 영업팀 김한성 이광호   **제작팀** 이영민 권경민

출판등록 2000년 5월 6일 제406-2003-061호   **주소** (우10881) 경기도 파주시 회동길 201(문발동)
대표전화 031-955-2100   **팩스** 031-955-2151   **이메일** book21@book21.co.kr

(주)북이십일 경계를 허무는 콘텐츠 리더

아르테팝 채널에서 도서 정보와 다양한 영상자료, 이벤트를 만나세요!
페이스북 facebook.com/21artepop   **트위터** twitter.com/21artepop
인스타그램 instagram.com/21artepop   **홈페이지** artepop.book21.com

© 슬, 2020

ISBN 978-89-509-8840-1